AF370159

CONDITIONS DE LA VENTE

Elle sera faite au comptant.

Les Acquéreurs paieront *cinq pour cent* en sus du prix d'adjudication, applicables aux frais.

L'exposition mettant le public à même de se rendre compte de l'état des objets aucune réclamation ne sera admise une fois l'adjudication prononcée

Paris. — Imp. de l'Art, E. Ménard et Cie, 41, rue de la Victoire

DÉSIGNATION DES OBJETS

FAIENCES DE ROUEN

1 — Grand pichet à riche décor polychrome, composé d'une corbeille de fruits, de rinceaux, de rocailles, de branches fleuries et d'oiseaux. Il porte les noms d'*Élisabeth Ancel*, ainsi que la date 1731.

2 — Fontaine formée d'une figurine de suivant de Bacchus, à califourchon sur un tonneau. Il tient une bouteille de la main droite et un verre de la gauche. Son corps est couvert de pampres polychromes et le tonneau est décoré en bleu et rouille.

3 — Bannette oblongue à pans et à deux anses, décor polychrome à la pagode au centre, et à quadrillages et fleurs au bord. Sinceny.

4 — Bannette oblongue à bords cintrés, décor polychrome : au centre, une corbeille de fleurs ; au bord, fleurs et quadrillages.

5 — Petit plat long, décor polychrome à fleurs et insectes.

6 — Deux jardinières-appliques, de forme cintrée et à pans, décor polychrome à paysages et figures de Chinois.

7 — Deux bannettes oblongues à pans et à deux anses, décor

polychrome : au centre, corbeille de fleurs et, au bord, galon à fond bleu.

8 — Petite soupière oblongue couverte et à deux anses, décor polychrome à arbustes, fleurs et oiseaux.

9 — Deux seaux cylindriques à deux anses, décorés de festons de fleurs et d'ornements polychromes.

10 — Deux plats ronds à bords festonnés, en deux dimensions, décorés de bouquets polychromes au centre, et de galons en bleu et rouille au bord.

11 — Plat rond à bords festonnés, décor polychrome à la pagode au centre, et à quadrillages et fleurs au bord.

12 — Petit plat oblong à contours, décor polychrome dit *à la corne*.

13 — Bassin oblong à pans et à deux anses, décor polychrome *à la corne*.

14 — Plat long à contours, décor polychrome *à la double corne*.

15 — Grand plat oblong à contours et à deux anses, décor polychrome *à la double corne*.

16 — Petite bannette oblongue et à contours, décor *à la corne*.

17 — Deux assiettes à bords festonnés, de même décor.

18 — Bannette à pans et à deux anses, décor bleu et rouille, au centre, corbeille fleurie; au bord, lambrequins ornés.

19 — Grand plat long à pans, décor bleu et rouille, au centre, corbeille de fleurs ; au bord, galon orné.

20 — Petite cuvette oblongue à contours, décor bleu et **rouille à fleurs.**

21 — Plateau rond à bords évasés, décor bleu à rosaces, fleurs et quadrillages.

22 — Grand plat ovale, à décor bleu. Au centre, rosace et rayons feuillagés et fleuris. Au bord, lambrequins ornés.

23 — Grand vase à pans, feuilles en relief et anses à mascarons têtes de femmes; décor bleu à feuilles et ornements.

24 — Deux vases analogues à celui qui précède.

25 — Grand vase à anses, à mascarons; décor bleu à lambrequins ornés et feuilles en relief au culot.

26 — Deux autres grands vases, à décor bleu.

27-28 — Quatre vases analogues à ceux qui précèdent, mais plus petits.

29 — Deux autres vases encore plus petits.

FAIENCES DIVERSES

30 — Petit vase forme sphérique, en ancienne faïence de Perse, à décor bleu.

31 — Plat rond à bords festonnés, décor bleu à fleurs au centre et ornements au marli. Moustiers.

32 — Deux plats longs à contours, décor polychrome à fleurs. Strasbourg.

33 — Trois plats ronds, à contours; décor polychrome, à fleurs. Strasbourg.

34 — Plat long à contours, décor polychrome à fleurs.

35 — Plaque ovale à contours, décor bleu à personnages. Delft.

36 — Pomme de rampe de forme sphérique, à décor de style chinois, en bleu et manganèse. Nevers.

37 — Sucrier oblong couvert, en faïence de Milan; décor polychrome à fleurs.

38 — Deux statuettes en faïence blanche : la Marchande de chansons et le Marchand de poissons.

39 — Deux porte-fleurs formés chacun d'une figurine assise tenant une corbeille : Paysan et Paysanne, en faïence blanche.

40 — Deux lévriers assis, décor polychrome.

41 — Soupière et son plat, en forme de chou, décorée au naturel. Le couvercle est surmonté d'un colimaçon.

42 — Deux corbeilles oblongues, à pans, à deux anses et pourtour découpé à jour, décorées de rosaces et de feuillages en camaïeu vert.

43 — Cuvette ovale, décorée de bouquets de fleurs polychromes et à hachures carmin au bord. Strasbourg.

44 — Hanap, décor au Chinois et à fleurs. Strasbourg.

45 — Deux flambeaux de formes variées, décorés de fleurs. Strasbourg.

46 — Corbeille ovale et son plateau, à branches de fruits en relief et médaillons peints en camaïeu bleu.

47 — Soupière ronde couverte et son plat, décor polychrome au Chinois. Strasbourg.

48 — Soupière ovale avec plat, de même faïence et de décor analogue.

49 — Deux sucriers oblongs sur plateaux, décorés de fleurs polychromes. Strasbourg.

50 — Grande corbeille ovale, à deux anses, décorée au fond d'une branche de roses.

51 — Potiche couverte, à décor bleu, de style chinois. Nevers.

52 — Vase à panse sphérique et col droit, à décor à reflets métalliques. Espagne.

53 — Potiche couverte, décor polychrome à imbrications bleues et médaillons polychromes représentant la Crèche et l'Annonciation. Nevers.

FAIENCES MODERNES

54 — Daubière formée d'une poule et de ses poussins sur un plat oblong. Décor polychrome.

55 — Coupe ovale sur pied formé de dauphins et de tritons, décor polychrome. Faïence italienne.

56 — Plateau octogone à deux anses, imitation de Rouen, décor polychrome à corbeille de fleurs et rinceaux.

57 — Petite corbeille oblongue à ornements découpés, décor polychrome.

58 — Plateau rond sur pied bas, imitation de Palissy ; au centre, le Baptême du Christ.

59 — Plateau rond sur piédouche de A. Jean. Décor polychrome sur fond bleu.

60 — Plat ovale par Pull, genre Palissy.

61 à 63 — Onze plats ronds en faïence italienne moderne à sujets variés.

64 — Deux grandes jardinières en faïence à fond bleu, avec montants et pieds à têtes et griffes de lions.

65 — Corbeille oblongue à deux anses, décorée de fleurs polychromes.

66 — Jardinière-applique de forme cintrée et à fronton, en faïence moderne, à décor en camaïeu carmin et médaillons en grisaille : buste et vues de parcs.

67 — Deux vases ovoïdes à anses têtes de boucs, décor polychrome à figures et ornements.

68 — Petite jardinière carrée en faïence moderne, décorée de fleurs.

69 — Assiette imitation de Rouen à décor bleu.

70 — Deux petits bustes d'hommes sur piédouches carrés.

71 — Petit plat ovale à contours, décor polychrome à fleurs et hachures carmin au bord.

72 — Coupe ronde en faïence de Pull, genre Palissy, décor à mascarons et ornements découpés à jour.

73 — Coupe analogue à celle qui précède, décorée de rosaces.

74 — Trois pièces décorées de fleurs polychromes : compotier, coquille et deux plateaux lobés.

75 — Corbeille ronde à deux anses avec plateau, décor carmin à fleurs et rosaces.

76 — Plateau oblong à marli ajouré en faïence moderne, décor polychrome à personnages et ornements.

77 — Deux vases à deux anses en faïence italienne moderne, genre Castelli. Ils sont accompagnés de leur console en bois sculpté.

78 — Porte-huilier avec burettes en faïence moderne, décor polychrome à fleurs.

79 — Sucrier à saupoudrer forme vase, décor polychrome.

80 — Groupe de deux figures en faïence : Joueur de musette et Jardinière.

PORCELAINES DIVERSES

81 — Plat octogone en ancienne porcelaine du Japon à décor polychrome : vase de fleurs, oiseaux, chimères et fleurs, sur pied en bois.

82 — Quatre salières en porcelaine de Chine à décor bleu.

83 — Deux assiettes en ancienne porcelaine de Chine, décorées en émaux de la famille verte à arbustes, fleurs, oiseaux et ornements.

84 — Quatre petits plats en ancienne porcelaine de Chine à compartiments, à fond bleu rehaussé de dorure et entre-deux à fleurs polychromes.

85 à 92 — Cent dix-huit assiettes en ancienne porcelaine du Japon à décors variés en bleu, rouge et or. (Ce lot sera divisé.)

93 — Quatre compotiers de même porcelaine et de décor analogue.

94 à 105 — Cent cinquante-neuf assiettes et un plat à fruits

en porcelaines de Chine et de l'Inde à décors variés. (Ce
lot sera divisé.)

106 — Plat rond en ancienne porcelaine du Japon, monté en
bronze.

107 — Grand plat rond en porcelaine du Japon, à décor
polychrome à arbustes et fleurs et compartiments à fond
bleu.

108 — Plat rond en ancienne porcelaine de Chine, décoré
en émaux de la famille verte, à fleurs et ornements.

109 — Sucrier en ancienne porcelaine de Chantilly, à anses
formées de branches de fruits, et couvercle en porcelaine
de Mennecy, décoré de fleurs.

110 — Potiche à pans en ancienne porcelaine du Japon, à
décor moderne polychrome, montée en candélabres à
huit branches de lis porte-lumières en bronze.

111 — Groupe de deux figures en biscuit : Berger, Bergère
et animaux.

112 — Groupe de cinq figures sur un rocher : Jardiniers et
Jardinières en biscuit.

113 — Groupe de deux figures en biscuit : Jardinier et
Jardinière.

114 — Autre groupe de deux figures en biscuit : Jeune Fille
à l'oiseau et jeune garçon.

115 — Petit groupe de deux figures et quatre statuettes en
biscuit.

116 — Soupière oblongue en porcelaine d'Allemagne, décorée
de jetés de fleurs polychromes.

117 — Deux petits plats longs, à contours et à bords gaufrés en porcelaine de Saxe, décorée de fleurs.

118 — Soupière ovale à deux anses et son plat en ancienne porcelaine dite de l'Inde, décor polychrome à fleurs et draperies.

119 — Petite potiche ovoïde couverte, en ancienne porcelaine de Chine, décorée de fleurs et d'oiseaux polychromes.

120 — Plateau rond et creux, en ancienne porcelaine du Japon, décor en bleu, rouge et or, monté en bronze.

121 — Plat rond en porcelaine de Saxe à ornements gaufrés et décoré de fleurs polychromes.

122 — Plat rond en porcelaine du Japon, décor bleu; large corbeille de fleurs au centre.

123 — Plat rond en ancienne porcelaine de Chine, à bord gaufré et décor de fleurs et d'ornements en bleu.

124 — Plat oblong à contours, à marli gaufré et décoré de fleurs polychromes. Saxe.

125 — Deux bouts de table composés chacun de trois assiettes de Chine, reliées par une monture en bronze doré.

126 — Trois petits vases en porcelaine moderne de la Chine, à décors variés.

127 — Deux plateaux en porcelaine moderne de la Chine, montés sur piédouches et à anses en bronze.

128 — Deux lampes montées dans des vases en porcelaine moderne de la Chine.

129 — Quatre statuettes d'enfants en biscuit.

130 — Candélabre à sept branches de fleurs en bronze s'échappant d'un vase. Imitation Chine.

131 — Fontaine à pans en porcelaine décorée à l'imitation des porcelaines du Japon.

132 — Deux lampes montées dans des vases en porcelaine moderne de Chine.

133 — Deux pièces : sucrier et écuelle ronde, avec plateau, décorés de fleurs et d'oiseaux polychromes, de style chinois. Genre Chantilly.

134 — Grand plat rond en porcelaine moderne du Japon, décor polychrome à personnages, fleurs et ornements.

135 — Corbeille ronde à deux anses, en porcelaine moderne de Fischer ; décor en camaïeu carmin, à figures et fleurs.

136 — Bol, imitation du Japon, à décor en bleu, rouge et or.

137 — Quatre assiettes de style japonais, à décors variés en bleu, rouge et or.

138 — Deux sucriers couverts et deux soucoupes en porcelaine moderne de la Chine ; décor dit à mandarins.

139 — Dix-huit assiettes en porcelaine moderne de la Chine, décorées de fleurs et d'oiseaux.

140 — Service à dessert en porcelaine moderne de la Chine, décoré de personnages et de fleurs. Il se compose de trente-six assiettes et de quatre plateaux.

BRONZES

141 — Sanglier en bronze, par Fratin. Patine verte.

142 — Sanglier forcé par les chiens. Groupe en bronze, patine verte.

143 — Cheval de trait. Bronze patiné de brun.

MEUBLES

144 — Régulateur avec cadran à cartouches d'émail placé dans une colonne cannelée en bois peint en rose et rehaussée de dorures. La partie inférieure de la colonne et le cadran sont ornés de festons de fleurs en relief et la pièce est surmontée d'une urne à deux anses.

145 — Vitrine hollandaise en marqueterie de bois à fleurs ; le bas fermant à deux portes pleines et le haut vitré.

146 — Scriban hollandais en marqueterie de bois à fleurs, vases, fontaines, etc. Ce meuble a trois tiroirs dans sa partie inférieure.